# LETTRE

## SUR LA COMEDIE

## D'ESOPE

### AU PARNASSE.

# LETTRE

## DE MADAME

## LA MARQUISE DU***

### A

### UNE DE SES AMIES.

A PARIS,

Chez LE BRETON, Libraire, Quay
des Augustins, au coin de la ruë
Gît-le-Cœur, à la Fortune.

M. DCC. XXXIX.

# LETTRE

DE MADAME

## LA MARQUISE DU***

A

UNE DE SES AMIES.

VOUS me demandez, Madame, quel est mon sentiment sur *Esope au Parnasse*, dont vous avez entendu parler si avantageusement : vous le voulez, dites-vous, je vais vous obéir, mais songez au moins que vous m'y forcez, & sur-tout que ceci soit secret. Je n'ai pas assez de connoissance du Théâtre pour

A

prononcer sur une Piéce, qui a tant de succès ; & pour décider si c'est avec justice, ou non qu'elle est applaudie, je ne prétends vous dire que les réflexions qu'ont produites sur moi les Représentations que j'en ai vû.

Je fus à la premiere ; & j'y eus beaucoup de plaisir. Ce jour-là le Partere étoit fort disposé à rire ; il louoit & critiquoit tout à l'excès, ce qui d'ordinaire arrive aux premieres Réprésentations, sur-tout, quand elles sont tumultueuses.

Il y avoit encore ce jour-là deux autres Piéces nouvelles, qui eurent un triste sort ; & je n'en ai jamais vû de plus décisif. En un mot elles furent sifflées & resifflées : on ne permit pas même aux Acteurs de finir la seconde.

L'une intitulée : *L'Ecole du monde*, est d'un anonyme ; elle fut jouée la premiere, & précédée d'un Prologue, qui nous promettoit beaucoup plus qu'on ne nous tint, & qui fut fort applaudi. Pour la Piéce, elle fut sifflée.

Je crois cependant que le Parterre fut trop prompt à décider. Il est certain du moins qu'il y avoit de très-beaux endroits, & de très-beaux vers; mais elle étoit trop triste, & il avoit trop envie de rire pour la trouver de son goût.

La seconde intitulée : *Le Médecin de l'Esprit*, est de M. ***. Le Canevas après avoir passé par sept ou huit mains, qui le refuserent, lui en fut donné pour la travailler, & la mettre au jour.

Je ne conçois pas comment un homme d'esprit comme lui ait pu se charger d'un aussi plat sujet, & qui avoit paru intraitable à plusieurs gens d'esprit. Mais c'est assez parler de mauvaifes Piéces ; venons à la troifiéme.

Elle eft de M. * * * Auteur de *l'Ecole du Tems*, jeune homme de vingt-trois à vingt-quatre ans, (à ce que l'on m'a dit) & qui, comme vous avez vû par fes Piéces, a beaucoup d'efprit & de talent pour la morale. Je ne vous parle de fon âge que pour vous faire juger que tant de talens prématurés, peuvent en faire un jour un grand génie.

Je fus donc, je vous l'ai dit, à la premiere Repréfentation ; mais les applaudiffemens qu'on lui donna ce jour-là, m'empêcherent de l'entendre, & j'en fortis, comme les autres, fans fçavoir autre chofe, finon qu'elle fut fort applaudie.

Je fus donc obligée d'y retourner à la feconde, pour fçavoir du moins de ce dont il s'agiffoit, & ce qui pouvoit avoir mérité de fi exceffifs applaudiffemens. Ils furent pour lors plus modérés ; & j'entendis la Piéce, que je trouvai pleine d'efprit & de fentimens.

Je ne fortis cependant pas fatisfaite ; & quand je fus de retour chez moi, j'en voulus fçavoir la caufe, & je me mis à l'examiner, autant que je pouvois le faire après une Repréfentation.

Je trouvai d'abord qu'il n'y avoit point affez de comique, ou pour trancher le mot, je trouvai qu'il n'y en avoit point du tout. Ce Jour-là mon examen ne fut pas long, & il ne m'en fallut pas davantage pour connoître d'où venoit mon mécontentement ; mais je me propofai d'y retourner à la premiere Repréfentation pour en mieux juger.

J'y retournai en effet ; & foit faute de difcernement, foit difpofition de mon efprit à critiquer, j'y trouvai d'autres défauts. Tous mes Acteurs me parurent tombés des nuës ou conduits là par enchantement. Je trouvai *Erafte* furieufement déplacé au Parnaffe ; *& Efope* débitant des fables fur le Théâtre François, me parut encore plus mal placé. J'avois bien vû quelquefois de ces Piéces, que l'on nomme *Epifodi-Allégoriques* ; & je fçavois bien que dans ces fortes d'Ouvrages que la pareffe, ou l'indigence de nos Auteurs a inventé & introduit fur le Théâtre, il n'y avoit ni intrigue, ni dénoüement, ni regles ; mais je ne fçavois pas qu'on pût y violer la vraifemblance, & en retrancher le comique ; & j'en douterois encore fi M. * * * * ne m'avoit fait voir que cela fe pouvoit faire avec fuccès.

Je crois cependant que fes Piéces en auroient eu davantage, s'il

eût un peu plus suivi nos regles, &
s'il eût donné plus de gayeté à ses
personnages, comme l'a fait M.
Boissy dans ses belles Piéces *du Je
ne sçai quoi, de Momus corrigé, & du
Triomphe de l'Intérêt.*

Quoique cette espéce de Comédie ne soit point du tout de mon
goût, je sçais rendre justice à M.
de Boissy, & distinguer ses petites
Piéces, où brille le vrai génie de
la Comédie, de celles de M. ***
qui en usurpent le nom.

Revenons à la Comédie, où ce
jour-là je fis encore une autre ob-
servation. J'y remarquai que la plû-
part de ceux, qui applaudissoient,
& les Dames sur-tout, bâilloient
pendant toute la Piéce, & je tirai
de là une conjecture fort simple, &
qui fait beaucoup d'honneur aux
François. C'est que les sentimens
leur plaisent toujours, quelque dé-

placés qu'ils foient ; & pour cela on peut dire que la Piéce en eft remplie.

Je crois auffi avoir deviné la caufe de cette efpece de contrarieté & d'ennui qui paroiffoit dans l'efprit du Spectateur. C'eft que la Piéce n'eft pas affez comique , & eft trop morale , pour être parfaitement goutée fur un Théâtre , où nous ne fommes accoutumés que d'y voir des Piéces felon nos regles.

Nous fommes fi perfuadés qu'on ne va à la Comédie que pour s'y amufer & délaffer fon efprit , & non pas pour le fatiguer de morale, que toute autre chofe nous ennuye. C'eft affurément ce qui ne manque pas d'arriver aux Repréfentations d'Efope, qui doit fon plus grand fuccès aux Comédiens, qui l'ont fait valoir tout ce qu'il vaut , & fur-

tout à l'inimitable Acteur, qui re-
préſentoit Eſope, & au déguiſe-
ment de l'aimable Actrice, qui
jouoit avec toutes les graces poſſi-
bles un rôle de petit maître Auteur.

Voila, Madame, quel eſt mon
ſentiment quant aux Repréſenta-
tions; & voici, quant à la lecture,
ce que j'en penſe.

L'Ouvrage a paru parfaitement
bien écrit; j'y ai trouvé de très-
beaux vers, beaucoup d'eſprit &
de ſentimens. Le Dialogue en eſt
aiſé & poli, & la candeur de
M. *** s'y fait aſſez connoître :
en un mot j'ai eu beaucoup plus de
plaiſir en le liſant qu'aux Repréſen-
tations, & je crois qu'effectivement
il gagne à être lû.

Il n'y a que le titre de Comédie
qui m'ait révolté; je ſuis ſi peu ac-
coutumée à en voir de cette eſpé-

ce-là, qu'il m'a paru ridicule.

J'ai toujours cru que ce n'étoit que le comique & l'action qui faisoient les Comédies ; & je crois que je penserai toujours de même.

Je pourrois encore citer plusieurs pensées qui m'ont paruës fausses, si j'avois affaire à une personne moins éclairée que vous : mais ce seroit vous offenser ; car je suis persuadée qu'elles ne vous échapperont pas. Il y en a d'ailleurs tant de bonnes, que je crois qu'on peut lui passer le peu qu'il y a de mauvais dans ses Dialogues : car encore une fois Madame, on ne prendra jamais cela pour une Comédie.

Oui ; j'en reviens toujours là, & je dirois volontiers aux Partisans de Moliere, & de la bonne Comédie. *Messieurs, on veut renverser nos Spectacles, & détruire le bon goût, ne le souffrez pas, & désormais n'allez*

pas par votre indulgence causer la ruï-
ne du Théâtre ; faites voir à ces No-
vateurs ce que c'est qu'une Comédie.

Si j'étois du nombre des amies de
M. * * * ( en qui il paroît avoir
beaucoup de confiance ) je lui dirois librement ce que je pense de
ses Piéces, & je lui conseillerois en
véritable amie d'animer un peu ses
sentimens, & puisqu'il les anime
tant, de nous donner quelques
bonnes Tragédies où il pourroit les
mieux placer : car, à vous dire ce
que je pense de son génie, je ne le
crois guéres propre à la Comédie.

Peut-être que la difficulté de
réussir & l'exacte observance que
l'on exige de nos regles, l'auront
retenu : mais qu'il ose entrepren-
dre de la vaincre ; & je puis assurer
qu'il réussira dans l'exécution ; rien
ne doit être difficile à un génie comme le sien.

Le petit oranger est assez fort pour porter des oranges, & on voit par ses fleurs qu'il peut nous donner de bon fruit.

On doit esperer qu'animé par le suffrage & par l'indulgence que le Public a eu pour ses Piéces, il tâchera de mériter de plus en plus ses applaudissemens, & de nous donner des Ouvrages, où, selon le précepte d'Horace, l'utile sera joint à l'agréable.

Je suis,

MADAME,

Votre très-humble servante<br>& très-sincére Amie,<br>La Marquise du ***

*Lû & approuvé ce* 15. *Novembre* 1739.

Vû l'Approbation, Permis d'imprimer. A Paris ce 21. Novembre 1739. HERAULT.